EU IMAGINO ASSIM...

Paula Mandel

EU IMAGINO ASSIM...

Ilustrações de
Rafael Terpins

Copyright do texto © 2021 Paula Mandel
Copyright das ilustrações © 2021 Rafael Terpins

Direção e curadoria	Fábia Alvim
Gestão comercial	Rochelle Mateika
Gestão editorial	Felipe Augusto Neves Silva
Direção de arte	Matheus de Sá
Diagramação	Luisa Marcelino
Revisão	Samantha Luz

Dados Internacionais de Catalogação na Publicação (CIP) de acordo com ISBD

M271e   Mandel, Paula

        Eu imagino assim... / Paula Mandel ; ilustrado por Rafael Terpins. - São Paulo, SP : Saíra Editorial, 2021.
        40 p. : il. ; 20cm x 20cm.

        ISBN: 978-65-86236-17-0

        1. Literatura infantil. I. Terpins, Rafael. II. Título.

2021-818   CDD 028.5
                                                                                      CDU 82-93

Elaborado por Vagner Rodolfo da Silva - CRB-8/9410

Índice para catálogo sistemático:
1. Literatura infantil 028.5
2. Literatura infantil 82-93

Todos os direitos reservados à

Saíra Editorial
Rua Doutor Samuel Porto, 396
Vila da Saúde –04054-010 –São Paulo, SP
Tel.: (11) 5594-0601 | (11) 9 5967-2453
www.sairaeditorial.com.br | *editorial@sairaeditorial.com.br*

Para Lev e seu jeito azul de imaginar o mundo.
E também para Flávio, Nara, Ana Flávia, John Boy, Peggy Sue, Raji e Maggie Mae.
Não poderia imaginar a vida sem vocês.

PAULA

Para Jacqueline, que me possibilitou imaginar quando era criança.
Obviamente, para Marina, Sofia e Rosa.
E também para Maya, que foi a primeira criança a abraçar este livro.

RAFAEL

SE A TIA VIÚVA
TOMA CHÁ
COM BOLINHO DE CHUVA...

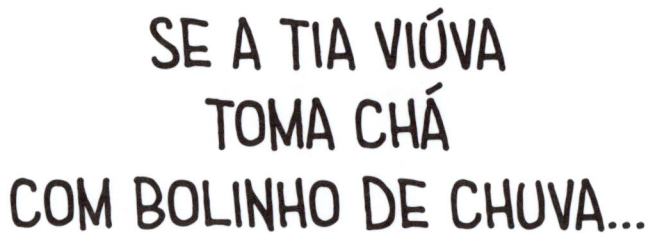

QUANDO O GARÇOM,
DEVAGARINHO,
TRAZ O FRANGO A PASSARINHO...

OU, QUANDO A GERINGONÇA
MÓI A PIMENTA DEDO-DE-MOÇA...

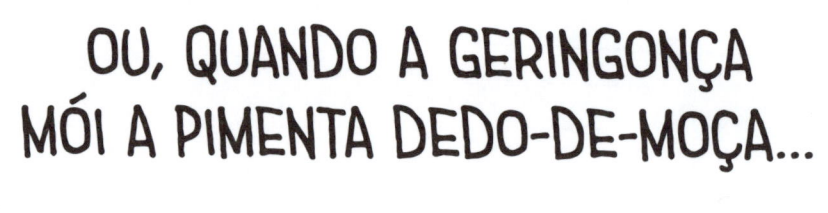

QUANDO A VIZINHA COSTUREIRA
TRABALHA COM DOÇURA
NUM VESTIDO DE ALTA COSTURA...

SE A GRAVATA DO TIO ROQUE
É COR-DE-ROSA CHOQUE...

SE DESOBEDEÇO NO ALMOÇO,
SERÁ QUE VÃO ME APRISIONAR
NA CADEIA ALIMENTAR?

QUANDO HÁ MUDANÇA DE PLANO
PORQUE A MAMÃE CAIU NO SONO...

E VOCÊ:
COMO IMAGINA?

_____

_____

_____

SOBRE OS AUTORES

QUANDO CRIANÇA, PAULA FICAVA HORAS BALANÇANDO NA REDE E IMAGINANDO QUE UM DIA ESCREVERIA UM LIVRO OU INVENTARIA UMA BICICLETA PARA GATOS. GOSTA DE PATINHOS DE BORRACHA. DETESTA QUIABO.

IMAGINO O RAFA FANTASIADO DE HOMEM ARANHA. TOCANDO VIOLÃO. COM UM TABLETE DE CHOCOLATE NA MESINHA. MEIO AMARGO, MEIO MORDIDO.

> EU IMAGINO A PAULA DANDO UMA DE MANDELA, MOENDO OS MEANDROS MANCOS DOS MANÉS, OU MANIPULANDO OS MECANISMOS MATERIAIS MONOCELULARES, COMO O MANO MENDEL.

RAFAEL GOSTA MUITO DE FAZER DESENHOS ANIMADOS E FILMES COM GENTE DE VERDADE. ELE ATÉ FEZ UM FILME SOBRE A BANDA DO TIO CHAMADO "MEU TIO E O JOELHO DE PORCO". ELE AMOU FAZER OS DESENHO DESTE LIVRO. ODEIA BANANA.

Esta obra foi composta em
Adobe Jenson Pro, CC Biff Bam Boom e Imaginary Friend BB,
impressa pela Color System em offset sobre
papel offset 120 g/m² para a Saíra Editorial
em março de 2021